Лев Николаевич Толстой

Где любовь, там и Бог

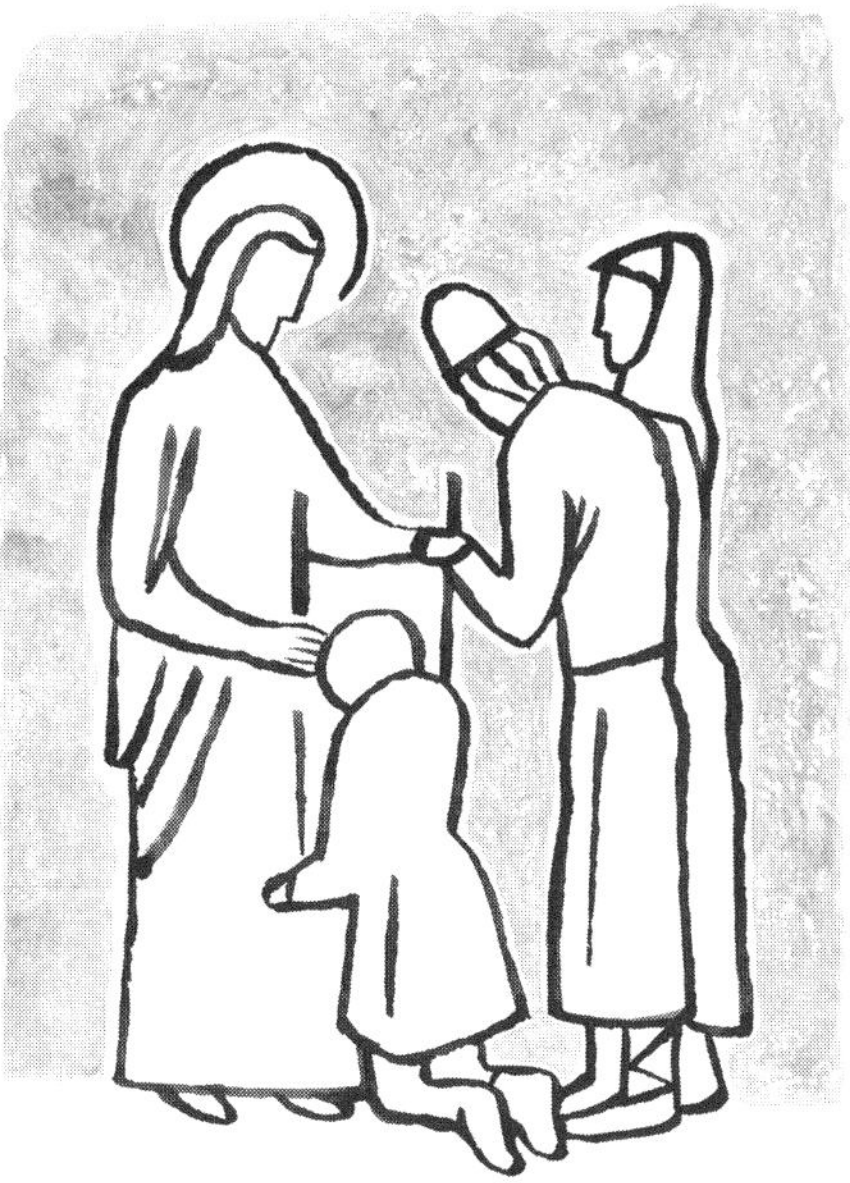

愛あるところ神あり

レフ・トルストイ
ふみ子・デイヴィス 訳
ナターリヤ・トルスタヤ 絵

未知谷
Publisher Michitani

訳者まえがき

武器を持たずに群れることなく、思索というたった一つの手段によって、レフ・ニコラエヴィチ・トルストイほど闘い続けた人を私は知らない。

孤独との闘い、虚脱感との闘い、特権との闘い、帝政ロシアにおける権力との闘い、すべての暴力と戦争に反対する堅固な闘い、中でも最も大きいものは、ロシア正教及びこれを司る宗務院との闘いであった。そしてそれらの闘いの中で、トルストイは自らを克服する闘いを一歩一歩勝ち取っていった。

彼の生涯を一徹に通した愛の思想は、絶対平和主義、完全無抵抗主義に完結を見ている。どのような悪に対しても、絶対に暴力を以て報復しないという思想は、原始キリスト教の哲学でもある。またキリストは神の性質を、自らの愛そのもので表した。このキリスト精神の中枢を無視して、神と人との間を、儀式や教理主義的媒体によって介入するロシア正教に対し、トルストイは激しく糾弾し続けた。そしてトルストイが呈示した、武器を持たずに愛をもって闘争する思想は、当時世界中を電光の如く駆け巡り、異文化や宗教の壁を越えて、様々な国の様々な人々を揺さぶり、啓蒙していった。

イスラム教徒とヒンドゥー教徒との融和に腐心し、狂信的ヒンドゥー教徒に射殺されて果てたインド独立の父ガンジーも、トルストイ思想に大きく動かされて、非暴力、不服従主義を打ち立て、インド民族運動を指導した。インドの人々が今もガンジーを偉大な魂《マハートマー》と敬う所以である。

また『ジャン・クリストフ』や『魅せられたる魂』を著したフランスのロマン・ロランもトルストイ思想に共鳴し、人道主義者として国際平和運動の魁となった。

我が国でも、明治末から大正にかけて、近代文学を形成した白樺派は、武者小路実篤や志賀直哉、有島武郎等により人道主義、思想主義を標榜してトルストイ思想を継ぎ、大正文壇の基軸となった。

またトルストイの末娘アレクサンドラが、ロシア革命後、昭和初期の日本に逃れて過ごした日々を回想した『お伽の国―日本』に記されている、京都山科の修養団体「一灯園」（一九〇五年西田天香創立）も、トルストイ思想に基いて形成された団体であり、托鉢奉仕を行じて「光明祈願」を主旨とするなど、独自の修行を行った。

そして昭和女子大学は「トルストイが建てたような愛の学校を」という緑夫人の建言を実らせて人見圓吉が創立し、現在も人見講堂の前にはトルストイの胸像が立っている。

これほどまでに人々の魂に分け入り、共鳴を呼び、それぞれの行動へと促進し発展させた、トルストイ思想の根底に横たわる原点とは何なのか？　それは十九世紀のロシアにおいてはあまりにも異質な彼の宗教観であった。トルストイが信じた神は人格化された肉体表現としての神ではなく、形而上学的な神であり、聖書で表現されたとおりの〝在って在るもの〟、どのような力によっても絶対に存続を断たれることのないもの、つまり存在するものすべての原理である「愛」であった。このトルストイの天賦の賜とも言える宗教性の原点「愛」への思索を、私たちはトルストイの民話集や寓話集に凝縮された、香り高いエッセンスとして今日新たに読み取り、自らの思索へと導くことができるのである。

人々が神を形而下で人格化すると、生身の政治権力と同じく、独裁や分裂が生じることを感知した時から、トルストイは思索というたった一つの武器を取り上げ、古い体質の教会を相手として闘いながら、神が愛そのものであることへの確信を深めていった。

そしてこの思索が、神とは人間の浅知恵では測り知ることのできない、生命の尊さや愛そのものであるという思想の礎を据えた時に、その思想は海を越え、文化風習を超え、山や人種を超えることができたのである。

思索に真の自由の要素が無ければ、羽ばたいて深い谷や淵を超えることはできない。では、この真の自由の要素、つまり翼はどこから来たのか？　トルストイの研究者達は長年に亘って、トルストイの宗教性を、彼が独自の神に至ったからだと説明してきた。しかしトルストイはキリスト教の聖書と福音書を徹底読解することによって、原始キリスト教の形而上学的な、本来の神に帰依したままでである。すなわち、肉眼で見ることも手で触って確かめることも、その大きさを測ることもできないが、確かに在って在るもの、つまり愛にである。そしてその愛が神そのものであり、キリストもモハメドも仏陀も、共にその神をそれぞれのかたちで表現する神の子達であり、私たち一人一人もまさに神の子として、その愛を彼らと同じように表現することができると、トルストイは説いてくれているのである。だからこそ他の人々を裁くことなく尊重せよと……どの人種も紛れも無く神の愛を表現する、神の理念なのだと……

愛である神を頂点として、人々はそれぞれの角度からその光に向かって昇ってゆくのだと考えた時、トルストイはキリストを神とすることへの過ちに気づいたのである。キリストを神とすれば、唯一神をとくキリスト教は、他の宗教を排他的に除外することになるだろう。しかし、キリストを神「愛」の子として受け容れた時、宗派の相違も他の宗教や人種をも受け容れ認めることができる、と……　ここで得た自由が、あの時代に世界中に羽ばたき、共鳴を呼びながら駆け巡ったのである。

しかし不幸なことに、一九一七年に起きたロシアの十月革命は宗教を否定し、人間中心に、神そのものを抹殺する政権へのはしりとなった。そしてプロレタリアートが主体となった、新しい共産主義世界への誕生に熱狂して、トルストイから不当に彼の宗教性の骨を抜いてしまった。けれども、あの時に人類の垣根を越えて羽ばたいた、トルストイの宗教性の根源である原始キリスト教の精神が、今再び羽ばたけないはずがない。

冬は雪に覆われ、夏には柔らかな緑の草と、まわりの樹々の枝や葉陰を飛び交う小鳥達のさえずりの他は、何一つ飾るもののない盛り土のトルストイの墓は、そこで彼が生涯を閉じたのではなく、新しい始まりがあったことを囁きかけてくれている。

そして彼が愛した聖書の、ヨハネによる福音書は次のように始まっている。

初めに言があった。言は神と共にあった。言は神であった。この言は初めに神と共にあった。すべてのものは、これによってできた。できたもののうち、一つとしてこれによらないものはなかった。この言に命があった。そしてこの命は人の光であった。

トルストイ思想は、私たちを思索へと導く、古くも新しい永遠なる道しるべである。そして思索とは祈りでもある。

（拙文「古くも新しい永遠なる思想」を改変）

愛あるところ神あり

目次

愛あるところ神あり

鶏のたまごほど大きな穀物の種

谷間で遊んでいた子供たちが小径の真ん中に転がっている、穀物の種に似た鶏の卵のようなものを見つけた。ちょうどそこを通りかかった村人が、これを見て子供たちから5カペイクで買い取り、街に出ると珍品扱いでツァーリに売った。

ツァーリはこれが一体何なのか知りたいと思い、賢者たちに卵なのか穀物の種なのか、調べるようにと言いつけた。賢者たちは考えを巡らせた、が、答えは見つからなかった。

この珍品はしばらく窓際に横たわっていた。ある日そこに鶏がやって来て啄み、くちばしで突き破った。そこで皆はこの珍品が穀物であるのを知った。

賢者は揃ってツァーリの元に参上し、ご報告申し上げた「これはどうやらライ麦の種でございます」

驚いたツァーリは、ではいつ頃、どこでこのような種が現れたのかを調べてくるように、と命じた。賢者たちは考えを巡らせ、額を寄せ合い、書物をめくって調べたが、答えは見つからなかった。そこでツァーリの元に参上し「ご報告のしようがございません。私どもの書物には、全く記述されておりませんでして……百姓どもに聞いてみるのがよろしいかも……もしかしたらいつかどこかでこのようなライ麦が播かれ、刈り入れたことがあるかを、村の長老の誰かから聞いておるかも知れません」

ツァーリは村から年寄りの百姓を連れて来るように、と命じた。

家来は村に出掛けて年寄りを探し出し、ひとりの爺さまを連れて来た。顔色は緑、歯は全て抜け落ちていて、二本の松葉杖に縋ったこの年寄りは、やっとこさよろよろと広間に入って来た。

ツァーリは種を見せたが、この年寄りはもう半分も目で見分けることができずに、片手でまさぐりながら珍品を確かめた。

ツァーリが尋ねた「爺よ、この種がどこで穫れたか、知っておるか？　自分で播いたり刈り入れたことがあるかね？　あるいはどこかでこのような穀物を買い付けたことは？」

耳がよく聞こえない年寄りは、しばらくしてやっと聞きわけ、もうしばらくしてやっと理解した。そうしてやっとこさ、もぐもぐと「いいえ」と答えた「おらさの畠にゃ、こんな麦種は生えたこたあ、なかです。刈り取った？　それもなかです。買った？　それもなかです。おらが麦種を買った日にゃ、穀物という穀物の種はぜ〜〜んぶ、今の様なちっちゃこい姿でして……」と言い「もしかして……おらの親父さまに聞いてみっかな？　いつ頃どこで穫れたか、聞いて知っているやも知れんです」

ツァーリは早速この年寄りの親父さまを探して来るよう命じ、家来が父親を連れて来た。大年寄りの父親が入って来たが、杖は一本だけ突いていた。視力も確かなようで、良く見えるらしかった。ツァーリは尋ねた「爺よ、これがどこで穫れたか、知っておるかね？自分で播いて刈り入れたことは？　あるいは昔、こんな種を商いしていたのを見たことがあるかね？」

大年寄りの耳も遠かったけれど、息子よりはずっとましですぐに聞き取った「いいえ、わしらの畠にこんな種を播いたことも刈り入れたこともなかです。わしらの時代にゃ、造幣工場ちゅうもんがありませんでしたけ、金も無く、そんでもって売り買いしたこともなかです。お互い種を分け合い畠に播いて収穫して、必要なだけを挽いてパンを焼いておりましたでな、こんな種がどこで穫れたかは知らねえです。ただし脱穀前の、少し大きめの種は見かけたこともありますが、こんなにでっけえのは見たことなかですよ。……そう言えば、わしの親父さまの時代の穀物は、今にくらべるとずっと穀粒も大きく、えらく良質で打ち減りも少なかったと言っとりましたな……わしの親父さまに聞いてみるのが良かろうかと思いますが」

そこでツァーリはこの大年寄りの父親を呼びに遣った。大々年寄りが連れて来られたが、杖も突かずに足取りも軽く、視力も聴力も良好で明瞭に語った。

ツァーリが種を見せた。大々年寄りは、しばらくこれを眺めていたが、やがて口を開き「何とも長い間……」と言った「このような大昔の種子は見かけたことがねえです……」

そう言うと、種子の端を齧り取り、しばらく粒を噛んで味わっていたが「へえ、まさにあのライ麦でごぜえますよ」

「爺よ、一体このような穀物は、いつどこで穫れていたのか教えてくれんかね？ その時代にはお前さんの畠でも収穫できたのかね？ そして市場でも売られていたのかね？」

「あの頃にゃ、そこいら中どこででも、このような穀物で溢れ返っておりましただ。わしもせがれの頃、これを挽いたパンを食べて育ち、周りのみんなも同じように食べて暮らしておりましたよ」

するとツァーリが尋ねて言った「爺よ、ではこのような穀物を自分で播いて刈り入れたのかね、それとも買って来たのかね？」

大々年寄りは笑い出した。

「わしの時代には、パンを売り買いするなどと言った罪なことを、考えつく者さえおりませなんだ。金銭というものも知らず、パンも食料もみな自給自足でまかなっておりました。わしも自分で播いて刈り入れ、脱穀して粉を挽いておりました」

ツァーリが言った「では爺よ、お前さんはどこの野のどんな畠にこれを播いていたのかね？」

大々年寄りが答えて言った「わしらの畠は……神さまの土地にありましたです……耕せるところは全てわしらの野でして、土地はみなそれぞれが耕す量に応じて、自由に所有しておりました」

「では、もうふたつ聞きたいことがある」とツァーリが言った「昔は穫れたのに、なぜ今ではこのような穀物が消えてしまったのかね？　そしてもうひとつ、何で爺さまの孫は二本の松葉杖に縋ってしか歩けず、息子は杖一本突いて歩いておるのかね？　だが大々年寄りの爺さまは、足取りも軽く目は明るく、歯も丈夫で語り口もしっかり、はっきりとしておる。このふたつの問いに、どうした訳かを答えてもらいたいのだがね」

「お尋ねの二つの問いの答えは、どちらも、人が自分で働き、自らを養うことを放棄したからでごぜえます。他人を羨みはじめて、自分と比べるようになりました。大昔にはそんな生き方はしておりませなんだ。いつも人は神さまと共に生きて持ち物の大小を問わず、私利私欲を離れて、他者とすべてを分け与え合いながら、聡明に暮らしていたからでございますよ」

修行中の爺さまたち、三人のこと

祈る場合、異邦人のように、くどくどと祈るな。彼らは言葉かずが多ければ、聞きいれられるものと思っている。だから彼らのまねをするな。あなたがたの父なる神は、求めない先から、あなたがたに必要なものはご存じなのである。

（マタイによる福音書6章第7、8節）

高僧を乗せた船が、アルハンゲルスクの町からソロヴェツキーに向かって航行していた。そしてこの船には、方々の聖者をたずねてお参りする、数多くの巡礼者たちも同乗していた。

風は順風、空は快晴、船の揺れは無し。

巡礼者たちのある者は船床に横たわり、他の者は飲食し、それぞれが固まって輪になる者もあり、いずれもお喋りにいとまがない。

高僧が甲板に姿を現し、マストの間を縫って行ったり来たりし始めた。そして高僧は、船首の方に大勢の巡礼が集まっており、ひとりの男が海の向こうの方を指差しながら何やら話し、人々が熱心に聞き入っているのに目をとめた。高僧は立ち止まって、その男が指差した方を見やった。格別に何もない……太陽の下で輝く海が広がるばかり。高僧はもっと近くに寄って聞き耳を立てた。男は高僧に気付くと慌てて帽子をとり、口をつぐんだ。群衆も高僧に気が付き、みな同じように敬意を表して帽子を脱いだ。

「兄弟たちよ、遠慮なく」と、高僧が言う「私もお前さま方と一緒に、この善良な輩の話を聞きたくなったものでね」

「そうなんですってさあ、この漁師のおやじさんは、爺さま方の話をしていたんでさあ」と、一人の商人が遠慮なく口を利いた。

「なに、爺さまの話？」高僧は聞き返しながら船のへりに寄り、傍の木箱の上に腰を下ろして「話を続けてくれるかね、聞かせてもらおう。そしてお前さんは何を指差していたのだね？」

「へえ、あのまだ遠くに浮いて見えます島のこって……」漁師はそう言って右手前方のほうを示した「あの島に、魂の救済を求めて行をしながら、爺さま方が住んでいなさるんで」

「どこだね、その島というのは……私には何も見えないがね？」

「ほれ、この手に添って見てくだされ。それ、そこに雲が、でその左の下の方の遠くに、かすかに平に見えておりますんですが」

　高僧はじっと目を凝らしてみたが、さざ波が太陽に照り返されてきらきらと輝くばかりで、慣れぬ目には何も見えなかった。

「見えない」と高僧が言う「しかし、その島に、どんな爺さまたちが暮らしておいでだと言うのかね？」

「神さまみてえなお人たちです」今度は百姓が答えた「わっしはずっと前から、噂には聞いておりましたが、この目で確かめたのは、おととしの夏、やっとこさでして」

　すると漁師が再び口を開いて、漁をした日のこと、そして舟が破損して、どのようにその小島に漂流したか、また、自分がどこに辿り着いたのか、訳が解らずにいたことなど話し始めた。それは早朝のことで、島に上り辺りを歩き回るうちに、洞穴に出くわした。そしてその洞穴に、ひとりの老人が居るのを見た。すると続いてもうふたり現れた。三人の爺さまたちは、漁師に食べ物を与え、衣服を乾かし、舟を修理する手助けをしてくれた。

「して、その爺さまがたの風体は？」と、高僧が尋ねた。

「ひとりは腰が曲がって、縮んだようにちっこくて、古びた青浮き草からできた茣蓙のようなものを巻いておいでtogether、ゆうに百歳は超えとられるのでしょう。白いあご髭は緑色に変わって、顔は明るくまるで天使さまのよう、いつもにこにことしていました。もうお一人は多少背が高く、古風な裾長の上衣を着て、これまた随分のお年寄り。黄色くなった白いあご髭はふさふさと広がって、なんともこれが力持ち。わっしの舟をまるで桶を返すように、軽々とひっくり返しなさった、わっしが手助けする間もなかったくれえでして……先の爺さまと同じように朗らかなお方でした。して、三人目の爺さまですが、一番背が高く、そのあご髭の長いことと言ったら、お前さま！　まるで禿鷹のような白い髭を、膝のあたりまで伸ばしていなさった。眉毛は目の上に覆い被さって、陰気なお方でしたがほとんど裸にちかく、筵のようなものを腰に巻いていなさった」

「で、どんな話をお前さんとしなさったのだね？」と高僧は聞いた。

「へえ、それがほとんどなあんにもお話しなさらないんで……お互いもあまり口を利かずに、ただ目つきでお互いの気持がお解りになるようなんでしてね。ただわっしは、一番背の高い爺さまにどれほど長くここにお住まいかと、尋ねたのですが、なんだか顔をしかめてぶつぶつと、まるで怒ったようでして、すると一番ちっちゃい古ぼけた爺さまがその手を取って、にこにこされました。そして古ぼけた爺さまは、わっしに赦しておくれなさいと言って微笑みました」

百姓が継いで話しをしている間に、船はだんだんとその島付近に向かいながら航行を続けた。

「みんな、島だ、はっきりと、島が見えてきたぞ」と今度は商人が言い、彼方を指差しながら「高貴なだんな、見てごらんなせえ、あれです」

高僧は島の方を見やった。そして、黒い縞のように横たわる小島を確かに認めた。

高僧はじっと島のほうを見つめ続けていたが、船首から船尾に向かって歩き、舵手のところに行くと「あそこに見えてきたあの島の名は何と言うのだね？」と尋ねた。

「別に名前なんかありゃしませんです。あんな島はそこらへんにゴロゴロしてますんで、へえ」

「して何かね、あの島に修行中の爺さま方が住んでいるというのは、本当かね？」

「高貴なお方さま、へえ、そのようには聞いておりますが、本当かどうかは知らねえです」と舵手は言い「それでも漁師達の多くが、見た、と言っておりますようで」

「その爺さま方に会ってみたいのだが、島には寄れるかね？」と高僧が尋ねた「あそこに行き着く何かよい方法はあるかね？」

「船は近寄れませんです」と舵手が応えた「小舟でないと……ですが船長に聞かなければ……」

船長が呼ばれて来た。

「出来ればあの島に寄って、噂の老人達に会ってみたいのだが」と高僧が言った「なんとかなりませんかな?」

船長はどうにかして高僧を思い止まらせようと「なんとかならない訳でもございませんが……ただ率直に申しますと、高貴なお方さま、かなりの時間をとりますのと、そこまでしてお会いになる相手でもないかと……聞くところによりますと、その老人達は全くの馬鹿同然で、なあんにも解らず、喋ることもできず、まるで魚か海藻みたいなんだそうでして」

「いや、何としても会いたいのですよ。運んでもらえれば、それなりの報酬は支払いますから」

どうにもならない。水夫たちは帆の向きを立て直した。やがて船はより一層島に近付いた。

高僧を船首の方に導いて、椅子を勧めた。高僧は坐って島の景色に見入った。船客も全員が船首に集まり、それぞれ島を眺めている。そして目の鋭い者は、早くも島の岩肌を認め、洞穴をも見つけて、周りの者に示していた。そのうち一人の巡礼が三人の老人の姿を見分けた。

船長が望遠鏡を取り出してきて覗くと、高僧に手渡して言った「まことのようでごぜえます。浜の大きな岩の右横のほうに、ひとが三人立っておるのが見えますよ」

高僧は、言われるままに、手渡された望遠鏡を覗いた。そして確かに浜辺に横たわる大きな岩の右手に、背がとび抜けて高いのと、それよりいくらか低いのと、縮んだように小さな三人が、お互いに手を繋いで立っているのを見た。

船長が言った「主教さま、これ以上船を進めることはできません。島へは小舟で渡っていただくことに、で、わっしらはここに錨を下ろしてお待ちしております」

即座に錨が下ろされ、帆がたたまれた。船は停まって、ぐらりとひと揺れした。海に小舟が降ろされると、漕ぎ手が素早く高僧を助けて縄梯子を伝わせた。高僧は梯子を下りて舟板に坐った。船夫が櫂でひと掻きすると、小舟は島に向かって漕ぎ出した。石を投げると届くほどのところまで漕ぎ寄せると、三人の——ひとりは裸で腰に筵を巻いて背が高く、もうひとりはもう少し背が低くてぼろぼろのカフタンを纏い、そしてもうひとり腰が曲がって小さく縮こまり、古びた莫蓙のようなものを巻いた——爺さまたちが、手を繋ぎあって立っていた。

船夫は鍵竿を岩にひっかけ、手繰り寄ると小舟を繋いだ。高僧は舟を降りた。

三人の老人は揃ってお辞儀をした。高僧が彼らを祝福すると、老人達はいっそう低く

深々と頭を下げた。

それから高僧は彼らに語りかけた。

「聞くところによると」と切り出し「この島に信心深いご老人方が住んでおり、自らの魂の救済のため、また主なるキリストを信じる人々の救いを求めて、日々祈りまた修行しておられるとのこと。神の慈悲にすがる至らぬ僕ながら、私も主キリストの牧場で養われる者の一人です。同じく神に仕えるお前さま方にお会いして、説教を授けようかと思いたちました」

無言のまま、老人たちはお互いを眺めやって微笑んだ。

「お前さま方はどんな修行をされ、またどのように神に仕えておられるのか、話してくださらんか?」と高僧は言った。

少し背が低い方の爺さまが溜め息を吐き、えらく年寄りの縮んだような爺さまを見やった。もう一人の背が高い爺さまは、顰め面をして、同じように縮んだ大年寄りの爺さまを見やった。

大年寄りの爺さまはにわかに微笑むと「わたしら神の下僕には、神にお仕えするなどという大それたことはできません。ただ自らに仕えて自らを養うのみでございます」

「では、お前さま方は、どのように祈っておられるのかね?」と高僧が問うた。

大年寄りが応えて「このように祈ります――あなたは三体、私らも三人、我らを憐れみ給え」

と、このように大年寄りが言ったあと、直ぐにあとの二人も天を仰いで共に復唱し「あなたは三体、私らも三人、我らを憐れみ給え」

高僧はうっすらと笑みを浮かべながら、言った「三位一体のことを聞いているのですね。愛するお前さま方が、どうにかして神を喜ばせようと務めていなさるのは善いことです。そう、ですがそのようには祈らないのですよ、お聞きなさい。このように祈るのです、が、この祈りは私が自分で考え出したのではなく、神が示された書き物の、聖なる教えに因るのです。神が私たちをどのように統治して、導いて下さるかを示された祈りです」

そして高僧は、どのようにして神が人々の前に自らを現されるのか、また三位一体を現す「聖なる父と子と聖霊」の御名によるとはどういうことなのかを、三人の老人たちに解いて聞かせた後言った。

「神の御子キリストは、人々を罪から救うためにお遣わされになったのです。そしてこのように祈れとお示しになりました、お聞きなさい」それから高僧はおもむろに祈りはじめた。

「天にまします」するとひとりが繰り返して「天にまします」もうひとりも続いて「天

にましますそして後のひとりも「天にましますとところ

「我らの父よ」と、高僧。「我らの父よ」と爺さまたちが続ける。ところが、二人目が言葉をごちゃまぜにして言い間違えた。背の高い爺さまも、口のまわりの髭が邪魔をして、祈りが「もぐもぐ」としか聞こえない。縮んだような大年寄りも歯がないので、ついにはむにゃむにゃと不明瞭な祈り文句になった。

根気強く高僧が繰り返す。三人が継いで繰り返す。岩に腰掛けてみたり、爺さまがたの傍近くに寄って、繰り返す言葉の口元を確認したりしながら、高僧は一日中祈りの教えに精を出した。十回も二十回も百回でも、言い間違える老人達を糺し、繰り返させては初めからやり直させて、彼らが「主の祈り」を暗誦するまで教え続けた。高僧が唱える後に続いて三人が繰り返しているうちに、中背の爺さまがいち早く主の祈りを理解して、ひとりで暗誦できるようになった。高僧は彼に何度も復唱させて、あとのふたりに教えることができるように、徹して教え込んだ。

すでに日は暮れて、水平線から月が昇りはじめるのを見て、高僧はやっと腰を上げ船に戻ることにした。高僧がいとまを乞うと、老人たちは足元に伏してお辞儀をした。高僧は彼らを助け起こしてから、一人一人を抱擁して接吻し、更に祝福を与えた。くれぐれも教えた通りに主の祈りを唱えるように、と言いつけてから、小舟に乗り込み沖の船に向かった。

　そして漕ぎ出した小舟に揺られながら、三人の老人たちが声高々と、主の祈りを繰り返し暗誦するのを聞いていた。船に近付いて行くにつれて、その声は遠のきやがて波音に掻き消されて、月の光に照らされた三人の姿が浮かび上がるばかりであった。浜で別れを告げたその同じ場所に、縮んだ爺さまを真ん中にして、右に背の高い爺さま、左に中背の爺さまが、いつまでも並んで立ち尽くしている……

　高僧が船に上がると、直ぐに錨が引き上げられ、帆が立てられて風を受け、船は滑り出した。

　高僧は船尾の方に移って坐ると、島の方をじっと眺めやった。すると月明かりに浮かんだ老人達の姿を、かすかに認めることができたのだが、やがて暗闇に紛れて、島影しか見えなくなって消えていった。そしてその島影も失せて、大海原を漂い遊ぶ、明るい月の光が飛び交うばかりであった。

　巡礼たちは寝支度に掛かり、みな好んで甲板に横たわった。だが、高僧だけは眠気を催さずに、ひとり目覚めて船尾に居残り、海のはるか彼方に遠ざかろうとする島の方を見やりながら、三人の老人を思って、じっと坐っていた。

高僧はあの三人が、「主の祈り」という祈りを伝授されて、どんなに喜んだかを思い起こし、神があの老人たちの元に自分を遣わして、彼らに主の祈りを伝えて教え導く使命をお与え下さったことに、心からの感謝を捧げた。

尚も高僧は坐り続けて、島影が消え去った海の向こうを眺めながら、静かにひとり、物思いに耽っていた。と、いきなり彼のふたつの眼がちらついた。遠い波間のそこここに、光がちらちらと揺らめいては消える。突然、海面に立った月光の柱に添って、白く輝くぼんやりとした輪郭が現れた……鳥かかもめか、それとも帆船が揺れる様か……？

高僧はじっと眼を凝らして見入った。《舟だ》と考える。《きっと小舟が帆を張って、この船の後ろを追ってくるのだろう。そう、今に追い越して行くにちがいない……あんなに遠くにちらついていたのに、どんどん近付いて来る……が、いやあれは舟ではないぞ、いや帆でもないし似ても似つかぬ……だがすぐに追いつく早さだ……何だあれは、まるでこちらをめがけて、走って追いかけて来るようだ》

高僧には一体なにが追い縋るように駈けてくるのか、全く理解できない。舟？　いや舟には似ていない、鳥？　いや鳥ではない、魚？　いや違う。ひとの姿？　似ている、確かに人に似ている、が人にしては大き過ぎるし、だいいち人が海の上を走れるはずがない。

高僧は立ち上がって舵手のところに行った。

「見てくれ、あれは何だ？　兄弟よ良く見てくれ、一体あれは……」と高僧は言いながら、すでに自らが駈けて来る正体を見極めた。

なんと三人の爺様が、髭をなびかせて白く光り輝きながら、船をめがけ、立ちすくむ高僧をめがけて、飛ぶように海の上を駈けて来るではないか。

舵手はこれを見て仰天し、舵を放して大声で叫んだ「おお、神様！　爺さまたちがまるで陸を駈けるように、海の上を！」

甲板で寝入っていた他の者たちも、この叫びを聞きつけて起き出し船尾の方へと走り寄って来た。そして皆の者達が、手に手を取り合ってこちらに駈けて来る、三人の爺さまの姿を見た。

握り合っていない両端の手を振り回しながら、待ってくれと呼んでいるらしい。三人とも水面をまるで陸のように駈けて、脚を止めないでいる。

船を止めるに間に合わず走り続けるのに並んで、三人は船縁に寄ると頭をもたげて、一人が声を上げた「わたしら神の下僕は、あなた様に教えられた祈りを、すっかり忘れてしまいました！　祈りを繰り返していたうちはよかったのですが、いっとき休んだ隙に、ひとつ言葉が出てこなくなり、思い出そうとするうちごちゃごちゃになって、もう何も思い出せません、どうかもう一度教えてくだされ！」

高僧は胸元で十字を切ると三人の方に腰をかがめて、そして言った。

「神のお方たち、三人の爺さま。お前さま方の祈りは、もうとっくに神に届いております。お前さま方をお教えするのは、この私ではありません。罪深い私どものために、お前さま方が祈ってくだされ」

そう言うと高僧は三人の爺さまにひれ伏した。すると老人達は立ち止まり、踵を返すと海原のほうへと向きをかえて、波の上を駈けて行った。

爺さまたちが駈け去っていった方角には、夜明けまでずっと、光輪が緒を曳いて輝き続けていた。

愛あるところ神あり

マルテイン・アフデーイッチという靴屋が、ある街に住んでいた。彼の住いは窓が一つしかない地下の小部屋だった。窓は通りに面していた。その窓からは、行き交う人々の足元しか見えなかったが、人々の履物を見るだけで、マルテイン・アフデーイッチには、誰が通り過ぎるのかが直ぐにわかった。彼は長い間そこに住んでいたので、夥しい数のお得意さんに囲まれていた。その界隈では、くたびれた靴が一度や二度、彼の手に掛からなかった者はいない。

靴底を取り換え、どんなほころびでも縫い繕い、穴には継ぎをあて、時には靴の先を新しく張り変えて修理した。そして足元しか見えない窓から、度々自分が修理し終えた靴が通り過ぎるのを見届けるのだった。

修理の注文は絶え間なく山ほどあった。アフデーイッチは手堅い仕事をし続け、不当に高い料金を取ることもなく、注文通りにできないものは初めから断り、一旦約束した仕上げの期日はしっかりと守った。注文取りの為に空約束する愚かさを、彼はしっかりと肝に銘じていた。

人々は皆そんなアフデーイッチのことをよく知っており、彼に修理を頼み続けるのだった。アフデーイッチの善良さは、今に始まったものではないが、年と共に、彼はますます魂の在り方について考えを巡らすようになって、神に近付きたいと願っていた。

マルテインがまだ親方の元で働いていた頃、女房が逝ってしまった。そして後には三歳の幼い息子が残された。この息子の上の子供たちも、みな長くは生きてくれなかった。初めマルテインはこの幼い息子を、田舎の妹に託そうかと考えたのだが、にわかに息子が不憫になり「見慣れぬ妹の家族の中で、カピトーシカはきっと途方にくれてしまうことだろう……それも憐れだ」と思い直し、息子を手元に残した。そして親方の家を出ると、小さな部屋を借りて息子と暮らし始めた。ところが……神様は、アフデーイッチには子供たちとの幸せをお与えにならなかった。やっと父親の仕事を手伝えるほどに成長した頃、カピトーシカは突然病に罹かった。そして一週間床に伏せた後、あっけなく逝ってしまった。

息子を弔った後、マルテインは望みを無くし、すっかり塞ぎ込んでしまった。そして絶望の余り、神に向かって不平を並べるようになった。気落ちと悲しみは増し続けて、自分のような年寄りを見過ごして、たった一人手元に残された愛する息子のカピトーシカを先に召された神を恨み、悲しみの余り自らの死を願うのだった。

アフデーイッチは教会に通うのも止めてしまった。

そんなある日、もう巡礼の旅に出て八年にもなる昔馴染みの老人が、トロイツァという村を巡った後、ふらりと尋ねて来た。

アフデーイッチは彼に向かって力なく言った「もう生きる力も尽き果てた……死なせて下せえと、そればかり神様に願って、夢も希望もない身になり果ててしもうた……」

老人は言った「マルテインよ、お前さん、神様のなさることに口出しするのは、良くないこった。

神様のお知恵は、わしらの浅知恵とは格が違うでな。神様はお前さんの息子には訳あって死を、お前さんには生きることをお命じになった……何たって、これが一番よいことだったからでな……それを何たってお前さんはふさぎ込みなさる？　生きていられることを喜ばねばならぬところを、何で嘆くのかね？」

「何のために生きろと言わっしゃるかね？」とマルテインは尋ねた。

すると老人はこう答えて言った「マルテインよ、生きるのは神様のためにじゃと、キリストさまは仰せられた。お前さん読み書きは出来るのだろう？　聖書を買って読んでごらんな。どんなにして神様の為に生きるべきか、ぜーんぶ書いてある。お前さんにもよう分かるだろうさ」

その言葉は、アフデーイッチの胸に深く刻まれた。

そしてその日のうちに、大きな文字で印刷された新約聖書を買って来ると、すぐに読み始めた。

アフデーイッチは初めのうち、祭日にだけ聖書を読むことにしていた。ところが読み始めてみると、一句一句が心に染みて安らぐのだった。そこで毎日読むことにした。ある日などはランプの芯が燃え尽きてしまうまで読み耽ってしまい、それでも読みたらないと思うのだった。そして読めば読むほど、神様が自分に何を求めておられ、どのようにして神の為に生きるべきかが、よく理解でき、心はますます安らぎに満たされてゆくのだった。これまでは、眠りに就こうとする度にカピトーシカのことが思い出されて、辛さの余り嘆き悲しみ、溜め息ばかりを吐いて輾転していたのだが、今では「主に栄光あれ、主に栄光あれ！　神の御心が成りますように……」と深く心に告げるのだった。

そしてアフデーイッチの暮らし向きも変わっていった。これまでは祭りの日などには居酒屋に立ち寄って、お茶を飲んだりウォッカの一杯もひっかけたものだ。知った顔にでも遇えば呼びかけ、酔っぱらうほどのことは無いにしても、一緒になって誰彼かを酒の肴にしてこきおろしたり、無駄口を叩いたりしながら店を後にしたものだった。

ところが今では、この虚しい習慣はひとりでに去っていった。

そしていつしか彼の毎日は静寂で、かつ喜びで満たされたものとなっていった。

早朝から仕事に取り掛かり、手際よく切り上げ、壁の鉤からランプを外すと机上に置き、聖書を取り出して広げると、腰を落ち着けて読み始めるのだった。彼は読み進む毎にその深い意味が理解できるようになって、心からの歓びに満たされてゆくのだった。

この日も深夜遅く、マルテインは聖書を読み耽っていた。ルカによる福音書の第六章にさしかかり、次のような（29～31節）言葉を読んだ「あなたの頬を打つ者にはほかの頬をも向けてやり、あなたの上着を奪い取る者には下着をも拒むな。あなたに求める者には与えてやり、あなたの持ち物を奪う者からは取りもどそうとするな。人々にしてほしいと、あなたがたの望むことを、人々にもそのとおりにせよ」

更に読み進んでゆくと「わたしを主よ、主よ、と呼びながら、なぜわたしの言うことを行わないのか。わたしのもとにきて、わたしの言葉を行う者が、何に似ているか、あなたがたに教えよう。それは地を深く掘り、岩の上に土台をすえて家を建てる人に似ている。洪水が出て激流がその家に押し寄せてきても、それを揺り動かすことはできない。よく建ててあるからである。しかし聞いても行わない人は、土台なしで、土の上に家を建てた人に似ている。激流がその家に押し寄せてきたら、たちまち倒れてしまい、その被害は大きいのである」（46～49節）

これらの言葉を読み終えて、アフデーイッチは言い知れぬ歓びに魂が満たされてゆくのを感じた。彼は眼鏡を外すと聖書から目を上げて、肘をつきながら考えに耽るのだった。

そしてこれらの御言葉をもとに自らの生き方と照らし合わせてみるのだった……《果たして儂の家は石の上に建っているのか、あるいは砂の上なのか？　もし石の上ならなんと幸いなことだろう。神が命じられるままに働いて、ひとりっきりでこうして静かに坐っていられるのは、何と言う安らぎだろう……もしうろつけば……又しても御旨に背いて罪をつくる。だがこうしてここには心惹かれる方がおられる……何と幸せなことだろう。神様どうぞ儂をお導き下さいませ！》

彼はもうそろそろ寝なければと思いつつ、どうしても聖書から離れることが出来なかった。そこで7章目に読み入った。

彼は百卒長の話や、あるやもめの息子の話、またヨハネが弟子達にどのような答えを与えたかなどの話を読み進んで、裕福なパリサイ人がイエスを家に迎えたところにさしかかった。そしてそこに現れた罪深い女が自分の涙でイエスの両足を洗い、香油を注いで、イエスに罪を赦されたところを読み、続いて44節まで読み進んだ。
「それから女の方に振り向いて、シモンに言われた、『この女を見ないか。わたしがあなたの家にはいってきた時に、あなたは足を洗う水をくれなかった。ところがこの女は涙でわたしの足をぬらし、髪の毛でふいてくれた。あなたはわたしに接吻をしてくれなかったが、彼女はわたしが家にはいった時から、わたしの足に接吻をしてやまなかった。あなたはわたしの頭に油を塗ってくれなかったが、彼女はわたしの足に香油を塗ってくれた』……」これを読んで彼は考えた《足を洗うための水を注がず、接吻もせず、頭に油も注がなかった……》
そこでアフデーイッチは再び眼鏡を聖書の上に置くと、またしても考え込んでしまった。《儂もこのパリサイ人と何の変わりはない。自分が飲むためにしかお茶のことは考えつかなかったし、熱いのか冷めたのか、客のために考えたこともなかった。自分のことは気に掛け、客のことには無関心。だが客人とは誰のことだ？　主そのものではないか。もし主が儂のところに来なさったら、儂はどのようにお迎えしただろう？》

そして両肘をついて物思いに耽っているうちに、アフデーイッチはついうつらうつらとしてしまった。

「マルテイン！」と、突然、彼の耳元で誰かが囁いた。マルテインは寝ぼけた顔を上げ、はっと辺りを見回した「どなたですな？」振り返ってドアの方を見やったが——誰もいない。マルテインはもう一度うずくまって身を丸めた。と、又しても「マルテイン、これマルテイン！」そして続けて言う「明日、気を付けておいで、私がやって来るから」

マルテインは伏していた机から身を起こし、すっかり目覚めて我に帰ると眼をこすった。それにしてもいったいどういうことか、夢か現か、あの声は……？

彼はランプを消して寝床に入った。

翌朝まだ陽が昇らぬうちにマルテインは起きて、神に祈ったあとペチカの火をおこし、シーと麦粥の鍋をかけると、サモワールに火を焼《く》べて、作業用のエプロンを着け窓辺に坐った。

仕事に取り掛かり手を動かしながらも、マルテインは昨夜のことばかり考えていた。どっちなのか、あれは夢だったのか、それとも本当に聞こえた声なのか……その思いを巡らして行ったり来たりしている……《なあに、そんなに思い詰めることもなかろう、よくあること》と、締めくくるのだが……坐って仕事を続けながら、マルティンは窓の外が気になって仕方ない。で、見知らぬ靴が通り過ぎようものなら、脚だけでなく姿や顔までも見極めようと窓の向こうに身体をくねらせて、覗き込むありさま。

屋敷番が、まだ新しいフェルト長靴を履いて通り過ぎ、次いで水汲みが行き、そして継ぎはぎだらけの古びたフェルト長靴を履いた、ニコライ一世時代の兵士だった老人が、シャベルを抱えて窓辺に立った。アフデーイッチはこのフェルト靴に見覚えがあった。老人はステパーヌイッチと言って、隣の通りの商家にお情けで住まわせて貰っているのだが、屋敷番を手伝って雪掻きなどをして暮らしている。ステパーヌイッチは窓に添って立つと、通りの雪を掻き始めた。アフデーイッチは再び仕事を取り上げた。

《どうやら儂も焼きが回ったようだな》とアフデーイッチは自嘲した《ステパーヌイッチが雪掻きにやって来たのを、キリスト様がお出でましになったかと思うとは。何ともこの老いぼれ、惚けて来たもんだ》

十針ほども縫ったのち、やはりアフデーイッチは窓の外が気になって、又もやそちらを見やると、ステパーヌイッチが壁の方に向かって、暖まる風でもなく、一休みする風でもなく、シャベルに凭《もた》れ掛かってぼんやりと立っていた。

もはや苦労続きの生活に疲れ果てて老いさらばえ、雪を掻く力もないのだろう。サモワールもちょうど湧いたところだし、お茶でも一杯ご馳走するか……とアフデーイッチは考えた。大針を針山に差し込むと、サモワールをテーブルに据えてポットにお茶を注いでから、アフデーイッチは窓辺に寄って指でコツコツとガラスを叩いた。ステパーヌイッチは振り向くと窓の方に寄って来た。アフデーイッチは手招きをしてからドアを開けに行った。

「内に入って暖まって行きなさらんかね」と彼は言った「お茶が冷めるで、ほら早う」

「ありがてえこった、寒さが骨身に凍みて折れそうだで」とステパーヌイッチが応えた。

ステパーヌイッチは雪を払い落として戸を潜り、足元から床に滴り落ちる汚れを拭き取ろうとしてよろめいた。

「ほっときなさらんか、後で儂がやるこった。ほれここに来て坐りなされ」とアフデーイッチは言い「早うお茶を飲んで暖まりなせえ」

そう言うとアフデーイッチは客と自分の茶碗に茶を淹れ、自分のは茶碗から受け皿に注いで、フーフーと息を吹きかけて冷ましにかかった。ステパーヌイッチは二杯飲み干した茶碗を逆さにして伏せ、齧りかけの角砂糖をその上に置くと、感謝していとまを告げようとしたが、いかにも飲み足りない様子だった。

「もう一杯おあがりな」とアフデーイッチはすすめて、客と自分の茶碗にお茶を注ぎ入れた。

アフデーイッチはお茶を啜りながら、ちらちらと通りが気になって仕方がない。

「あれ、誰か待っていなさるんかの?」と客が聞いた。

「誰か待ってるか、って? 言うのも恥ずかしいこったが、待ってるって言や待ってるし、待ってないこともない……その、心にひとつ言葉が沁み込んだでな。夢だったのか本当だったのか分からんのだが。なあ兄弟よ、こんなこった。昨夜聖書を広げて、主なるキリスト様がどんなに苦しまれたかとか、地方を巡り歩かれたかとか、そういう話を読んでいたのさ、多分お前さんも聞いたことがあるだろう?」

「聞いたことはあるさ、聞いたことはある」とステパーヌイッチ「儂らは読み書きも出来やしねえ無学もんだが、聞いたことはある」

「そこでだが、儂はちょうどその、キリスト様がいろんな土地を回られて、その、パリサイ人のところにお出ましになったところを読んでいたのさ。だがちゃんとしたもてなしをお受けにならなんだ。これを読んだ時にゃ兄弟よ、何ともこう考え込んじまってな……主なるキリスト様の栄光を敬わずに、ぞんざいに迎えるとは、な……。だが、この儂だって、考えてみりゃ、どんなお迎えの仕方をしたんだか、わかったもんでねえ。他の連中だって、な……と、そんなことを思い巡らしているうちに、うつらうつらしちまったらしい。するとと兄弟よ、夢うつつに、突然儂の名を呼ぶ声が聞こえたのさ。で、思わず顔を上げたら、はっきりとその声がな『待っておいで』とこう言うんだ『明日行くから』と、二度も聞こえたんだよ。こんなことって、信じたもんだか、自嘲したもんだかわけが分からんのだが、頭にこびりついて離れないのさ。それで馬鹿げているが、主のお出ましを待っているってところだな」

ステパーヌイッチは頭を振って、何も言わずにお茶を飲み干すと茶碗を脇に置いたが、アフデーイッチはそれを取り上げて、更にお茶を注いだ。

「お前さんのためだ、気持よく飲んでおくれな。儂はね、こんなことも考えるのさ。キリスト様はいろんな土地を巡り歩かれたが、ありきたりの何の取り柄もない連中を、嫌ったり見下げたりせずに大事にして、たびたび共にお過ごしになった。お弟子たちも、儂らのような罪深い、特別な〜んにも持ってねえ、漁師や職人連中の中からお選びになった。そうして『自らを高くする者は卑しめられ、自らを低くする者は高められるであろう』と常々諭されたし、こうも言われた『あなた方はわたしのことを主よ、と呼ぶが、わたしはあなた方の足を洗うであろう。誰でも先に立つものは人々に仕えなければならない』と。なぜなら、貧しいもの、へりくだるもの、柔和なもの、情けあるものこそが真に幸せなのだからとな」

年を取り、涙もろくなったステパーヌイッチは、お茶を飲むのも忘れて、聞き入っていた。坐って話を聞きながら、その頬には涙が伝っていた。

「もう一杯どうかね」とアフデーイッチは勧めたが、ステパーヌイッチは十字を切ると茶碗を脇に寄せて立ち上がった。

「ありがとうよ」と彼は礼を述べた「マルテイン・アフデーイッチ、お前さん、この儂の身も心も温めて養って下さったよ」

「どういたしまして、いつでも寄っておくれ、客に来てもらえるのは、儂も嬉しいよ」アフデーイッチは応えた。

ステパーヌイッチが去った後、マルテインは残りのお茶を啜ってから茶碗を片付け、また窓辺に寄って仕事に戻ると、靴の後部にミシンを掛けた。ミシンを踏みながら、目は窓辺を追う。何をしても、キリストがお出ましになるという思いから離れられないでいた。そして彼の頭の中は、キリストが語られた様々な御言葉でいっぱいなのであった。

窓の向こうを二人の兵士が通り過ぎた。ひとりは官が定めた長靴を履き、もう一人は自分のを履いていた。それから磨き立てのオーバーシューズを履いた燐家の主人が行き、それに続いて、パンの入った籠を下げたパン屋が通り過ぎた。これに並んで、毛糸の長くつ下に粗末な木靴を履いた女が通りかかった。女は窓の前を通り過ぎると、中壁の仕切りに向かって立ち止まった。アフデーイッチが窓から覗き上げて見るところによると、それは見掛けたことのない女で、粗末な身なりの腕に赤ん坊を抱いていたが、赤ん坊をくるむものも持たない風であった。

女が身に着けているのはぼろのような薄っぺらな夏物で、壁の方を向いて風を背中で受けながら、赤ん坊をかばうようにして立ち止まっていた。

窓枠越しに、アフデーイッチは赤ん坊が泣き叫ぶ声と、それを宥めているのに全く効《き》き目のない女の声を聞いた。

アフデーイッチは立ち上がって入り口のドアを開けると、階段の上から大声で呼びかけた「おかみさんや、おかみさん！」女はこの声を聞いて振り向いた「何でまたこんな寒さの中を、赤ん坊と突っ立っていなさるかね？　こっちに入って赤ん坊を暖めてやりなされ、ほら」

胸にエプロンをあてて鼻眼鏡を掛けた年寄りが、こちらに向かって呼びかける様を見て、女はびっくりしたが、彼の方に近寄って行った。

階段を下りて仕事部屋に招きいれると、年寄りは女と赤ん坊を寝台の方へ導いた。

「こっちに」と彼は言った「ほらおかみさんや、ペチカに近い方に坐りなさるがええ。暖まって赤ん坊に乳を飲ませておやり」

「乳は涸れてしもうて、もうとっくに出てきません……私も朝からなんにも口にしておりません……」女はそう言いながら、それでも赤ん坊を胸元に引き寄せた。

アフデーイッチは頭を横に振り振りテーブルの方に向かうと、パンとスープ皿を取り出し、鍋の蓋を開けてからシーをスープ皿についで置き、これに土鍋から麦粥を掬って加えようとしたが、まだ煮えてなかったのでシーだけをテーブルに出した。

鉤から手拭いを外してテーブルに敷き、パンを置くと「お坐りな」と言った「さあお上がり、おかみさん、赤ん坊は儂が見ていてあげよう。儂にも子供がいた時もあったでな、子守りのひとつもできようというもんだ」

女は十字を切るとテーブルに着いて食べ始め、アフデーイッチは寝台に寝かせた赤ん坊の傍に寄った。そして唇をちゅっちゅっと鳴らしてあやし始めてはみるのだが、歯がないものだからうまくいかない。赤ん坊はギャーギャーと泣き止まない。そこでアフデーイッチは思いつき、指を立てて赤ん坊を脅しにかかることにした。立てた指を振り上げ、振り回し、今度はその指を赤ん坊の唇のところまで一気に振り下ろすのだ。が、樹脂で汚れた指で赤ん坊の唇を触ることはしなかった。

赤ん坊は指に見とれて、そのうち泣き止んだ。そして声を立てて笑い始めた。アフデーイッチは大喜びした。

母親は食べながら、身の上話を始めて、どこから来てどこにいたのかを語った。

「私は兵士の女房なのですが」と彼女は言った「亭主は遠くに出兵させられたまま、もう八ヶ月も便りがありません。賄い女をしてあちこちで働いているうち、月が満ちてこの子を生みましたが、子連れで雇ってくれるところなど、ありゃしません。で、もう三ヶ月も落ち着く場所が見つからずに苦労しとります。持ち物はみな食い潰してしまい、乳母で雇ってもらおうとしましたが、痩せ過ぎていると言って撥ねつけられました。村の女衆が住み込んでいる商家で、私も雇ってもらえるというので頼って来たのですが、女主人に来週出直して来るようにと言われました。しかも遠いのです。この子にも辛い目に遭わせてしまい、へとへとになっていたところでした。ただありがたいことに、女主人は私たちを憐れに思って、キリスト様の名において、私たちをアパートに置いてくれると約束しなさった。でなければどうやって生きてゆけばよいのか……」

アフデーイッチは大きく溜め息を吐いて言った「もっと温かい服はないのかね？」

「もう冬物が必要な時なのですが、昨日ショールを20コペイカで質に入れてしまいました」そう言いながら、女は寝台に寄って赤ん坊を抱き上げた。

アフデーイッチは立ち上がると、壁の方で何か引っ掻き回していたが、着古した半外套を引っ張り出して来て「ほれ」と言いながら手渡し「粗末なもんだが、身体を包むくらいのこたあできるじゃろう」

女は半外套に目をやり、老人を見上げて受け取りながら、にわかに泣き出した。アフデーイッチはむこう向きになって床に屈み込み、寝台の下から箱を引きずり出して開けると、何やら引っ掻き回していたが、戻って女の真向かいに腰を下ろした。

「キリストの恵みがお爺さんにありますように。窓の外に立っていた私に、お爺さんの目を留めさせて下すったのは、キリスト様にちがいありません。すんでに赤児を凍え死にさせるところでした。村を出た頃はまだ暖かかったのに、いきなり寒くなって……主は私を憐れんで、あなた様の窓際にお導き下さいました」

苦笑してアフデーイッチは言った「主は儂をも導かれたのだよ、おかみさん。窓の外を儂はただぼんやり眺めていた訳ではないんでな」そしてマルテインは、この兵士の女房にも自分が見た夢の話しをして、キリストがお出ましになるのを待っていたのだと言った。

「すべてがあり得ることですね」と、女は言い、立ち上がると半外套を羽織って中に赤ん坊をくるみ、深くお辞儀をして再び感謝の言葉を述べた。

「キリスト様の為にこれをお取り」そう言ってアフデーイッチは彼女に20コペイカを与えた「質屋からこれでショールを貰い受けるがいい」

女は十字を切り、アフデーイッチも十字を切って戸口のところまで見送った。

女が去った後、アフデーイッチはシーを食べ、後片付けをしてから、また仕事に取り掛かった。手を動かしながら、やはり窓の外が気になって仕方ない。薄暗くなった通りを誰が通り過ぎるのか、じっと見ていた。知った人や、見知らぬ人が次々と過ぎて行くが、特に珍しい人は見当たらなかった。

すると窓の真向かいに物売りの婆さんが来て立ち止まった。編みかごには林檎が入っていた。少ししか残っていないようだ。家に帰る途中の、どこかの工事現場ででも拾い集めたらしい、木切れの入った袋を肩に担いでいたが、重過ぎるらしく担ぎ替えようとして林檎の入った編みかごを杭の上に載せて、袋を下ろすと、中の木切れを揺さぶり始めた。木切れを均等にしようと、婆さんが袋を揺さぶっている間に、ひさしがぼろぼろの鳥打ち帽を被った男の子が、どこからともなく現れて、籠から林檎をひとつ掴み出して、一目散に逃げようとした。が、婆さんの素早さが勝って、振り返りざま、男の子の袖を掴んだ。婆さんは逃げ腰の男の子の両袖を取ると、打ち据え始めた。それでももがいて逃げようとする男の子の帽子を叩き落すと、髪をひっつかんだ。男の子は泣き叫び、婆さんが大声で罵る。

アフデーイッチは大針を針刺しに刺す間もなく、床に放り出すと戸口に駆け寄ったが、階段に躓《つまず》いて眼鏡を落としてしまった。

アフデーイッチは通りに駆け出した。あがいて、盗んでないと言い張る男の子を、婆さんは罵倒し続け、交番の巡査に引き渡すと言い始めた。

「おいらは」とその子は言う「何にも盗っちゃいないったら、なんでぶつんだよう、放しておくれよう」

アフデーイッチは婆さんから男の子を引き離して、その子の手を取ると、婆さんに言った「婆さんやこの子を赦しておやりな、キリスト様の名において、な、ほれ！」

「わたしゃね、この子がまた悪さをして、鞭で打たれないように、ならず者扱いで巡査に引き渡すのさ」

アフデーイッチは婆さんに頼み込んだ「婆さんや、頼むから放しておやりよ。もう二度とこの子は繰り返さないでな、キリスト様の為だ、放しておやり！」

婆さんが男の子を放した途端に、その子は素早く逃げようとしたが、アフデーイッチは彼をしっかりと捕まえて放さなかった。

「お婆さんに」とアフデーイッチ「ちゃんと謝るんだ、そして二度と繰り返すでない。儂はお前が林檎を盗んだのを、ちゃんと見たのだからな」

男の子は泣き出して、婆さんに赦しを乞うた。

「よしよし、これでいい。ではほれ、これをお前にやろう」アフデーイッチは籠から林檎を取り出して、男の子に与えた。

「代金は儂が払うよ」と彼は婆さんに言った。

「こんな汚らわしい小僧を、甘やかすつもりかい」と婆さんは毒ずいた「こんなゴロツキどもには、一週間くらいまともに坐れないほど、尻に鞭をくれてやるのが一番さ」

「おいおい、婆さん、婆さんよ」とアフデーイッチ「儂ら人間にとってはな、そうかも知れねえが、神様にとってはそうでねえ。もしこの子が林檎ひとつを盗んで罪に問われるとしたら、儂らの罪はどうやって償うのかね?」

婆さんは黙り込んだ。

アフデーイッチはこんな聖書のたとえを話して聞かせた――ある地主が小作人の莫大な負債を赦してやった。ところがこの小作人は自分が金を貸した男のところに行って、首を絞め、借金を返せと喚き立てた――

婆さんはじっと聞き入り、男の子も黙って聞いていた。

「神様は赦しておやりと命じられた」とアフデーイッチは言った「でなければ、儂らの罪をも赦しては下さるめえ。みんな赦してやらなくっちゃ……特に考えの足りねえ子供らはな」

婆さんは頭を振り振り溜め息を吐いた「そりゃそうだけれど……」と婆さんは言い「でもこの子らは野放図にされ過ぎさね」

「それだから、儂ら年寄りは教育してやらにゃならんのだて」とアフデーイッチ。

「その教育のことを、私も言ってるのだがね」と婆さんは言った。

「私にゃ、七人の子供がいたんだがね、娘が一人しか残らなんだ」それから婆さんはどこでどんな風にその娘と暮らし、孫が何人いるかなどを語り始めた。

「もうご覧の通り、力尽きるほど働き詰めさね。孫たちが憐れで……ほんにええ子達でね、あの子達ほど私によくしてくれる者はいませんよ。アクシュートカは私の他、誰のところにも行きゃしない。あたしの大好きなお祖母ちゃん、大事なお祖母ちゃんと呼んでくれてな……」

婆さんはすっかり優しさを取り戻していた。

「まあ、子供のしたことだもの、神様がお護り下さるだろうよ」と、男の子に向かって婆さんは言った。

　婆さんが屈んで荷物を取り上げ、肩に担ごうとした途端に、男の子が素早く駆け寄ると言った「おいらが担ぐよ、婆ちゃん」婆さんは頭を振ると、無言で男の子に荷を負わせた。二人は並んで歩いて去った。で、婆さんはどうやらアフデーイッチから、林檎の代金を受け取るのを忘れたようだった。

　アフデーイッチは二人が何やら喋りながら、並んで歩いて行く後ろ姿をしばらく見送っていた。


　さて、仕事場に戻ったアフデーイッチは、取り落とした眼鏡を階段のところで無事に拾い、また仕事に取り掛かった。少しだけ仕事に精をだしたが、辺りはもうすっかり暮れて、刺毛を通す針の目が見辛くなった。街灯に点燈夫が火を灯し始めていた。《そろそろランプに火を灯すか》と、彼はランプに油を注いで灯し、壁の鉤に掛けた。そうしてまた明かりの下で仕事を続けた。一足のブーツの直しを仕上げてから、彼はしばらく見回しながら仕事の出来具合を確かめた。どうやら上出来のようだ。

　それから仕事道具を片付けにかかり、皮の切れ端や刺毛の屑を掃き寄せ、糸や釘を道具箱に収めるとランプを外してテーブルの上に置き、聖書をその横に並べた。彼は昨夜読んだページにモロッコ革の切れ端を挟んでおいたのだが、そこを開こうとすると他のページがひとりでに開いた。

アフデーイッチの目の前で福音書が開かれた途端に、昨夜の夢が思い起こされた。そして夢を思い起こした途端に、誰かが後ろで動く気配を感じた。アフデーイッチが振り向くと、確かに誰かが隅の暗闇の中に立っていた。だが、一体誰なのか見分けはつかない。すると耳元で囁く声がした。

「マルテイン、マルテインよ！　私を覚えてないのかね？」

「どなた様ですかい？」アフデーイッチは問うた。

「私は」とその声が応えた「ごらん、これがわたしだ」するとその蔭の暗闇にステパーヌイッチが立ち、こちらに向かって微笑んだ、が、すぐに掻き消えてしまった。

「そしてこれもわたしだ」同じ暗闇に今度は赤児を抱いた女が現れて微笑むと、赤ん坊が笑ったが、これもまたすぐに消えてしまった。

「それからこれもわたしだ」林檎売りの婆さんと男の子が一緒に現れて微笑んだが、またすぐに消えた。

アフデーイッチの心と魂は幸せで一杯に満たされた。

十字を切ると彼は眼鏡を掛けて、開かれたページの福音書を読み始めた。

彼はページの上の行から読み進んでいった。

「あなたがたは、わたしが空腹のときに食べさせ、かわいていたときに飲ませ、旅人であったときに宿を貸し、裸であったときに着せてくれた……」それからページの下の方の行も読んだ。「わたしの兄弟であるこれらの最も小さい者のひとりにしたのは、すなわち、わたしにしたのである」（マタイによる福音書25章）

アフデーイッチは夢が彼を欺かなかったことを知った。この日救世主キリストは、本当に彼のところにお出ましになったのだ。

そして彼は主をおもてなしして、正しくお迎えしたのだった。

寓話集

石

ひとりの貧しい男が、金持ちのところに行って施しを乞うた。金持ちは何一つ与えるどころか「とっとと消え失せろ！」と罵った。貧しい男が動かずにいると、金持ちはひどく腹を立てて石を取り上げ、男に投げつけた。

憐れな男はその石を拾い上げると、懐に入れて自らにつぶやいた「いつか必ずこの石を投げ返す時が来るだろう。その時までこの石はお預かりだ」

そしてその時がやって来た。金持ちは愚かな行いをして財産を全て取り上げられ、牢屋に入れられることになった。

金持ちが牢屋に引かれる道すがら、貧しい男が近寄って懐から石を取り出して振り上げた。が、考え直して思い留まり、石を捨てるとつぶやいた「無駄にこの石を持ち歩いてしまった。彼が金持ちだった時はその勢いを恐れたが、今は……憐れみしかない」

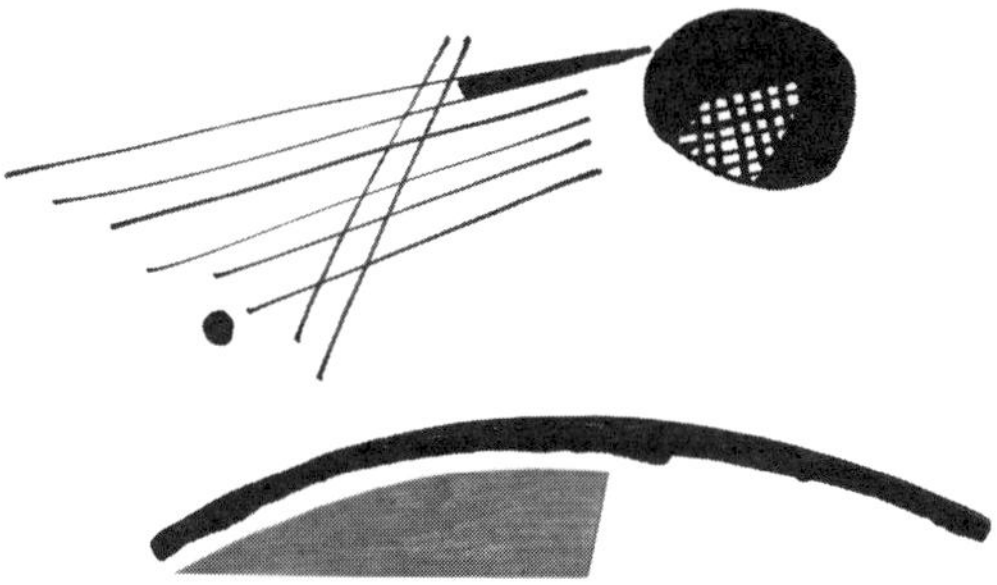

くさねこ

くさねこが銅器工のところにやってきて、ヤスリを舐めた。くさねこの舌から血が流れ出した。ところがくさねこは大喜び。ヤスリから流れる血だと思い込んで舐め続け、自分の舌を滅茶苦茶にしてしまった。

細い糸

ひとりの男が糸紡ぎ女のところにやって来て、細い糸を注文した。

女が一番細い糸の束を見せると男は言った「これは良くない、極上に細い糸が欲しいのだ」すると女は「もしこれより細いのが良ければ、あれしかありませんよ」と言って空を指した。

男が何も見えないと答えると、女が言った「見えないとなると、それほど細いということですわ」

馬鹿な男は大喜びして、見えない糸を大量に注文すると、全額を支払って行った。

海

広くて深い海、果ては見えない。太陽は海から昇り、海に沈む。その海の底の底を誰も見たことはなく、その全てを誰も知らない。

風がない時の海はますます青く穏やかで、風が立つと大きく動いて揺らめきわたる。

見渡す限り波打って立ち上がり、波と波とが追いかけ合い、寄り添ってはぶつかり合って白く泡立ち砕け散る。

すると波間に揉まれて、船は木屑のように揺れ漂う。

海の姿を知らぬ者は、神への祈りを知らぬに等しい。

蟻と鳩

蟻が小川のせせらぎに下りて来て水を飲もうとした。ところが足をすべらせて落ち、溺れかかった。これを見た鳩が小枝を咥《くわ》えて投げてやった。蟻は小枝につかまり助かった。そののち狩人がやって来て捕獲網を投げ、鳩を捉えた。蟻は狩人の足に噛み付いた。狩人は叫んで網を取り落とした。その隙に鳩は飛び去り、難を逃れた。

捨て子

　貧しい女が小さな娘マーシャと暮らしていた。朝早くマーシャが水を汲みに外に出ると、戸の向こうに、布にくるまれた何かが横たわっていた。マーシャは桶を置いて布包みの方に近寄った。すると中からワーワーワーと言う声がした。マーシャが身を屈めて包みを覗くと、中には小さな愛らしい赤ん坊が包まれていた。赤ん坊はワーワーとまた大きな声を上げた。マーシャはその児を抱きかかえると、家の中に運び込み、早速スプーンでミルクを与えはじめた。
　母親がこれを見て「何を連れてきたの？」
　マーシャは答えて「赤ん坊よ、お母さんを頼って来たみたい」
　母親は「うちはこんなに貧しいのに、もうひとり赤ん坊を養う余裕なんてありゃしませんよ。地主の旦那のところに連れて行きましょう」
　マーシャは泣き出して言った「おかあちゃま、どうぞこの児を置いてやって。そんなにたくさん食べるわけでもないわ……ほら、見て、この皺だらけのちいさな赤い手と指を……」

母親は不憫になって赤ん坊を置くことにした。

それからの毎日、マーシャは赤ん坊のおむつを取り替えて世話をやき、食べさせて、子守唄を歌ってやりながら寝かしつけるのだった。

重荷

二人の旅人が、それぞれ重い荷を肩に担いで道を行った。ひとりは荷を担いだまま、休むことなく旅を続け通したが、もうひとりは道端に何度も荷を降ろしては、休み休み旅を続けた。が、休む度に重い荷を降ろし、また出発するごとに、そこに降ろした重荷を担ぎ上げねばならなかった。

……で、旅のあいだ重荷を担ぎ通した旅人より、休み休み進んだもうひとりの方が、はるかに疲労困憊したのだった。

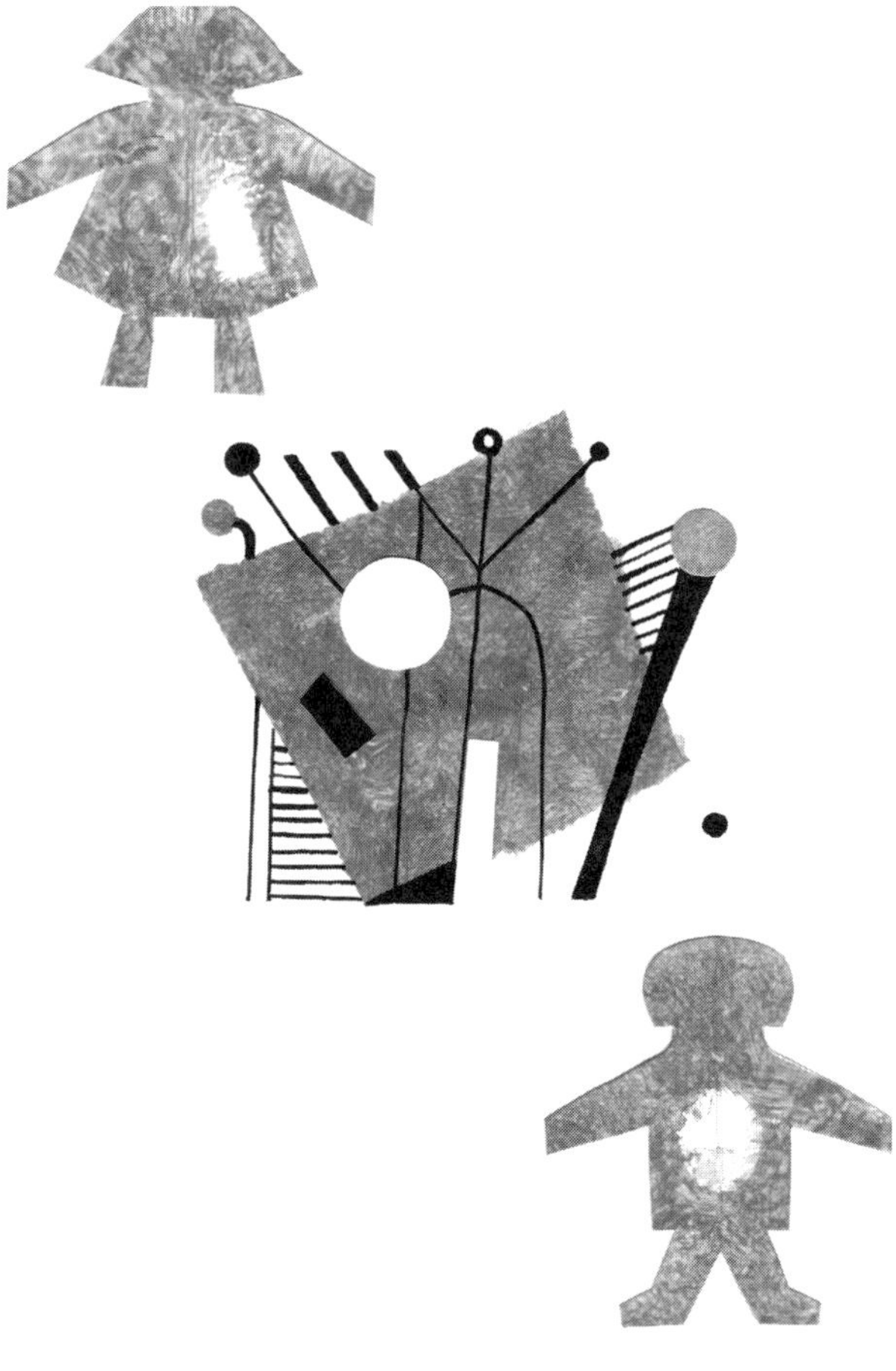

鶏と燕

鶏が蛇の卵を見つけて、その卵を抱き、孵化させるのに一役買って出た。

これを見た燕はつぶやいた。

「なんて馬鹿な鶏！　卵が孵って蛇が大きくなった日には、真っ先に呑込まれる破目になるのに」

狐と葡萄

ふさふさと熟れた、美味しそうな葡萄を見つけた狐が、房を目がけて跳び上り、何度も幹にぶつかりながら喰らいつこうとしたが骨折り損に終わった。

悔しさを紛らわすために狐は言った「ふん、あれは熟れそこないで、まだ青かった」

僕はどのようにして目が不自由な乞食を怖がらなくなったか

僕がまだ幼かった頃、盲人の乞食が、怖くて怖くてたまらなかった。

ある日僕が家に入ろうとすると、軒下に二人、目の見えない乞食が坐っていた。二人が僕を捕まえようと、待ち構えているのだと思った僕は、怖くなってどうしたらいいか解らずに、思わず来た道を引き返そうとした。

するとひとりの盲人が（彼の目は牛乳のように真っ白だった）、にわかに立ち上がると僕の手を捉えて言った「お若いの！　なんで情けをかけて下さらんのか？」

僕はその乞食から逃れて母親の元に駆け込んだ。彼女はパンと小銭を僕に持たせて送り返した。乞食はお互いに喜び合い、十字を切って感謝するとパンを食べた。

そして目が真っ白い方の乞食が「何と美味しいパンをお恵み下さった。神様ありがとう！」と言い、また僕の両腕を取って嬉しそうに揺さぶった。

僕は二人が気の毒でならなくなった。

そしてその日から、
僕は目の不自由な乞食を怖がらなくなった。

樫とはしばみの木

古い樫の樹が、下のはしばみの茂みの傍にどんぐりを落とした。はしばみは樫に抗議して言った「何かね、それだけ広がっているくせに、まだ場所が足りないとでも言うのかね？　お前さんはどんぐりを、まだ何も生えてない土に落としましたぜ。こちとらはもう手狭で場所がなく、新芽同士で犇めき合っていると言うのに。だからと言って、私は自分のどんぐりを撒いたりなんかしませんぜ。我々の実はすべて、人様に献上して食べて頂いておるというのに」

「私はもう二百年も生きておる」と樫ははしばみに言った「そして若木たちはこのどんぐりから何株にもなって、生き続けて来た」

するとはしばみが怒って言い放った「では私はお前さんの若木どもを押さえ込んで、三日と保たぬよう息の根を止めてくれよう」

樫の樹は何も応えなかった。そして若木たちに、どんぐりを撒きそのまま繁殖し続ける

ようにと命じた。

どんぐりは下に落ちると湿地の中ではじけ、根を出してあちこちに貼付き、引っ掛かりながら広がって行った。また他のどんぐりからは真直ぐに天を突いて幹が伸びた。

はしばみはそれらの上に覆い被さって、羽交い締めにし、陽が当たらぬよう妨害し続けた。

ところが樫の若木たちは日陰で更に逞しく成長し、上へ上へと延び続けた。

百年が経った。

はしばみはとうの昔に枯れ果て、どんぐりから生え出した樫は、今では空を突いて天蓋を張り、今もどっさりと、どんぐりを撒き散らしている。

樹々はどのように歩くか

池の傍の丘陵に添った草むらの小径には、のばらや柳やポプラが生い茂っていて、ある日私達は、枝を剪定したり伐採したりするのに忙しかった。やがて、えぞのうわみずざくら《チェレームハ》のところまで来た。このチェレームハは小径の真ん中に立っていて、ひどく古く、ひどく太っちょで、樹齢一〇年を裕に超えているかのようだった。ところが五年前庭の手入れをした時には、こんなチェレームハを見かけた記憶が、全く無いのだ。私達はこんなに古い幹太のチェレームハが、そこに立って繁っているのが不思議でならなかったが、これを剪定して先に進んだ。進んで行くと新しく藪が茂り、そこにまた同じようなチェレームハが立っているのを見た、が、これは更に太かった。私が根元を覗くと、なんとこのチェレームハは、古い菩提樹の幹下から生え出しているのである。菩提樹が自らの根の節々でチェレームハを妨げる下から、四～五メートルほども向こうに根を延ばして潜り抜け、真直ぐな株を起こして地面に生え出しているのであった。そして陽の下に這い上り、驚くことにそこで花を咲かせようとしていた。この木の幹は新しいのに根が腐っているのを見て、私は根元から切り倒し、百姓達と一緒に若木だけを引き抜こうとした。ところが引っ張っても引っ張っても若木はびくともしない。まるで何かに貼り付いているかの様なのだ。

「何に引っ掛かっているのか見てくれ」と私は言った。百姓達は根元に這いつくばって見回していたが「あれ、まあ、自分でぎょうさん根を張っとります！」と大声を上げた

「ほれ、道の向こうまで！」

チェレームハ、えぞのうわみずざくらは菩提樹の妨害を避けて、その下を上手に潜り抜け、もと生えていた場所から何メートルも先に根を延ばして道を這っているのだった。

私が切り倒したチェレームハの根は、凋れて朽ちていたのに、そこから延びているこの若木の根は新鮮で青々としている。彼女は、菩提樹の下では生き延びられない、と悟った時から、自らの小枝に縋り縋りして地を這い続け、小枝から根を張り続けて来たのだ。

そこでやっと、最初に私を不思議がらせたチェレームハが、なぜあそこに立っていたのかを理解した。彼女は同じような憂き目にあって、古い根から去らざるを得なくなったのだろう。

その彼女の古株を見つけることは、私にはできなかった。

日本の読者の皆様へ

私がイラストを担当した『落穂の天使』（ふみ子デイヴィス訳、原題「人は何で生きるか」二〇〇八年）の続編として、新たにトルストイの民話集訳を彼女に依頼すべく、二〇一五年にグラフィック作品を作成いたしました。

曾々祖父トルストイが、晩年において最後に学ぼうと挑戦した語学が日本語でした。またトルストイの末娘アレクサンドラは、ロシア革命後の圧政から逃れて、昭和初期の日本で二年近くを過ごしました。そのような経緯から、私にとりましても日本は大変身近な、深い繋がりとご縁を感じ続ける存在です。

徳富蘆花や小西増太郎を通して、トルストイが親愛を覚え続けた貴国日本で、末永くトルストイ作品を読み継いで頂きたいという願いを込め、私ナターシャ・トルスタヤは、曾々祖父が晩年彼の文学及び思想、哲学において最も尊重した要素〈簡潔〉〈無邪気さ〉〈素朴〉を基軸にグラフィック作成を心がけ、その表現に努めました。制作過程においては、一貫した包容力、生き生きとした躍動感のある比喩的な要素などをエッセンスにと定めて、それぞれ一作品として生活空間を満たして頂けるような作品に仕上げました。

私がトルストイの『民話集』及び『アブスカ（ロシア語、あいうえお、の意）』の中から翻訳を依頼した理由は、この簡潔で短い作品の数々が、当時から今日に至るまで、ロシアの家庭で読み継がれて親しまれ、また子供達の教科書として、道徳教育の分野でも重用されているからです。これらの実話も含む小品や寓話の数々には、簡潔な表現に込められた、トルストイのメッセージやテーマが煌めいており、私たちは時代を超えてそれらを明確に読みとることができます。

〈善と悪〉〈貧欲と愚行〉〈気品と賢明〉これら地球上のどの国民もが持つ、人間の資質をテーマにしたトルストイ思想を、私は真摯にこれに寄り添って描くことに努め、ふみ子はその精神の神髄を誠実に翻訳して、日本の皆様に届けたいと願いました。

トルストイの玄孫として、尊い先祖の名において、彼が世界に残し預けた永遠のテーマを、私自身の感性とタッチに頼って、描き上げることに最大の努力を傾けました。私の作品を、トルストイの深い人類愛と尊い永遠の思想の前に捧げることができれば幸甚です。

二〇一六年五月

ナターシャ・トルスタヤ

レフ・トルストイ（1828～1910）

19世紀ロシアを代表する作家。貴族出身で文学、政治の双方に多大な影響を与えた。トルストイ主義と呼ばれるキリスト教的な人間愛と道徳的自己完成を説いた。代表作『アンナ・カレーニナ』、『戦争と平和』、『人生読本』等、晩年は通俗物語＝民話に力を注いだ。

ナターリヤ・オレゴヴナ・トルスタヤ

レフ・トルストイの次男イリヤの孫オレーグ画伯とグラフィック画家タチヤーナの長女として1954年モスクワで生まれる。1979年、シトロガーノフ芸術院絵画科を卒業。ヨーロッパ各地、北欧、米国、カナダ、シンガポールでの展覧会に出品、ミニマリズム画家として高い評価を受ける。ロシア政府が選出した〈最も優れた20世紀ロシアの女性画家〉の一人としてトレチャコフ美術館にも作品が納められている。ヤースナヤ・ポリャーナの「トルストイの家博物館」代表。

ふみ子・デイヴィス

福岡県生まれ。モスクワの民族友好大学（現・ロシア大学）卒業。1999年から2002年まで二度目のモスクワ生活を経験。トルストイの玄孫で画家のナターリヤ・トルスタヤとの出会いを機にトルストイの家出の謎を追う『トルストイ家の箱舟』を四年にわたって執筆し2007年に群像社から刊行した。訳書に、トルストイの民話『落穂の天使』（未知谷）、トルストイの四女アレクサンドラの回想録より『お伽の国—日本』（群像社）、著書に『ぽけぽけむし』（未知谷）がある。現在はシンガポール在住。陶磁器絵付けとロシア伝統芸術の細密画塗り（パピエ・マシェ・ミニアチュール）のアーティストを兼ねて NOBBY ART ギャラリーを主宰・経営する。

愛《あい》あるところ神《かみ》あり

2016年6月10日印刷
2016年6月30日発行

著者　レフ・トルストイ
訳者　ふみ子・デイヴィス
挿画　ナターリヤ・オレゴヴナ・トルスタヤ
発行者　飯島徹
発行所　未知谷
東京都千代田区猿楽町2丁目5-9　〒101-0064
Tel. 03-5281-3751 / Fax. 03-5281-3752
［振替］　00130-4-653627
組版　柏木薫
印刷所　ディグ
製本所　難波製本

Japanese edition by Publisher Michitani Co. Ltd., Tokyo
Printed in Japan
ISBN978-4-89642-498-0　C0097